Le monstre de la Côte-Nord

Où que vous soyez, vous pouvez visiter
notre site : www.soulieresediteur.com

Le monstre de la Côte-Nord

La deuxième aventure de
la bande des cinq continents

un roman de
Camille Bouchard

illustré par
Louise-Andrée Laliberté

SOULIÈRES ÉDITEUR

case postale 36563 — 598, rue Victoria
Saint-Lambert (Québec) J4P 3S8

Soulières éditeur remercie le Conseil des Arts du Canada et la SODEC de l'aide accordée à son programme de publication et reconnaît l'aide financière du gouvernement du Canada par l'entremise du Programme d'Aide au Développement de l'Industrie de l'Édition (PADIÉ) pour ses activités d'édition. Soulières éditeur bénéficie également du Programme de crédit d'impôt pour l'édition de livres – Gestion Sodec – du gouvernement du Québec.

Dépôt légal: 2006
Bibliothèque nationale du Canada
Bibliothèque nationale du Québec

Catalogage avant publication de Bibliothèque et Archives Canada

Bouchard, Camille

Le monstre de la Côte-Nord

(La bande des cinq continents, tome 2)
(Collection Chat de gouttière ; 19)
Pour les jeunes de 9 ans et plus.

ISBN 978-2-89607-036-2

I. Laliberté, Louise-Andrée. II. Titre. III. Collection:
Bouchard, Camille, 1955-   . Bande des cinq continents ; 2.
IV. Collection: Chat de gouttière ; 19.

PS8553.O756M66 2006   jC843'.54   C2005-942063-4
PS9553.O756M66 2006

Illustration de la couverture
et illustrations intérieures :
Louise-Andrée Laliberté

Conception graphique de la couverture :
Annie Pencrec'h

À Hélène, Guy, Marion et Louis

GABRIEL (13 ans)

Origine : Québec, Canada, Amérique.

Principales qualités : instinctif, polyvalent, parle innu, connaît les plantes et leurs secrets.

Principaux défauts : orgueilleux, renfermé, grognon.

Caractéristiques distinctives : croit trouver dans le souffle du vent, dans le bruissement des feuilles, dans le pigment d'une plante ou la forme des nuages réponses à ses questions. Il porte toujours une besace en peau de castor dans laquelle il conserve les plantes qu'il cueille ici et là. Secrètement amoureux de Sarasvatî.

DIDIER (13 ans)

Origine : Toulouse, France, Europe.

Principales qualités : très versé en histoire, en géographie et en sciences humaines ; parle français, anglais, arabe, espagnol et italien.

Principal défaut : distrait.

Caractéristiques distinctives : intellectuel, cultivé, cartésien. Son sac d'école est trois fois trop lourd ; il est plein de livres.

SARASVATÎ (12 ans)

Origine : Pondichéry, Inde, Asie.

Principales qualités : sportive très accomplie, championne dans plusieurs arts martiaux.

Principaux défauts : impulsive, autoritaire.

Caractéristiques distinctives : tilak au front, grain de beauté au menton ; secrètement amoureuse de Gabriel.

FATIMATA (12 ans)

Origine : Djenné, Mali, Afrique.

Principales qualités : gentille, sourit continuellement, a toujours peur de déplaire, pardonne facilement, forte en biologie.

Principaux défauts : aucun qui ne soit apparent.

Caractéristiques distinctives : possède un ascendant sur les animaux, versée en sorcellerie vaudou, sa mouffette apprivoisée la suit partout.

MÉDÉRIC (11 ans)
Origine : Papeete, Tahiti, Océanie.
Principales qualités : hyper-intelligent, génie en informatique et dans les sciences en général, en avance sur ceux de son âge.
Principaux défauts : encore un peu bébé, timide, grassouillet et en mauvaise forme physique.
Caractéristiques distinctives : n'a pas de sac d'école, car il a scanné tous ses livres pour son usage personnel. Il a toujours son ordinateur portatif avec lui.

Remerciement

L'auteur tient à remercier le Conseil des Arts et des Lettres du Québec pour son appui financier à la rédaction de ce roman.

1

Le long congé

— Journée nationale des patriotes, fête de Dollard, fête de la Reine… Quelle appellation doit-on utiliser pour ce congé ?

C'est Médéric qui pose la question, son gros visage poupin émergeant de l'écran de son ordinateur portable. À chaque soubresaut du véhicule, ses yeux sont masqués par le rebord de l'écran, réapparaissent, disparaissent de nouveau…

— On s'en moque, répond en blague Didier qui a le nez dans un traité d'histoire. Que chacun l'appelle à sa manière, l'important est de profiter d'une longue fin de semaine.

Tout le monde éclate de rire autour de lui, même les grands-parents de Gabriel, monsieur et madame Bacon, assis à l'avant.

— Un congé, oui, approuve Gabriel, mais ne crois surtout pas que ces quatre jours sans école seront reposants. Tel que je connais grand-papa, il va nous faire travailler comme des esclaves.

— Tu peux compter là-dessus ! confirme en rigolant l'homme au volant de la fourgonnette. Surtout toi, petit-fils à moitié blanc. Il va falloir que tu dérouilles un peu ces muscles que la ville t'empêche de renforcer.

L'homme est grand avec des épaules larges. Ses mains démesurées couvrent le volant comme si ce dernier n'était que l'accessoire d'une auto jouet. Son visage au teint cuivré est rond, rieur, sympathique, et arbore les traits spécifiques aux autochtones : yeux noirs et bridés, pommettes saillantes, lèvres charnues. Ses cheveux mi-longs, zébrés de reflets argentés, sont retenus en une queue de cheval. À ses côtés, la grand-mère s'apparente parfaitement à lui avec ses longs cheveux poivre et sel, ses mains pote-

10

lées, sa taille enrobée, son expression rieuse.

Le véhicule vient de quitter la route Jacques-Cartier, la 138, pour s'engager dans Betsiamites, la réserve autochtone située entre Forestville et Baie-Comeau.

Assise sur la banquette du centre, à côté de Fatimata, les grands-parents devant, les trois garçons derrière, Sarasvatî déclare :

— Même si on doit se dépenser physiquement, cela nous fera le plus grand bien de ne pas avoir à se forcer les méninges pour des mathématiques ou du français ou de la chimie ou...

— Ouais, appuie Fatimata. J'approuve ma meilleure amie. Vive l'esclavage !

— Tope-la, copine !

Et les deux adolescentes tapent leurs paumes droites l'une contre l'autre. Madame Bacon se tourne vers les filles avec une expression mi-sévère mi-amusée. Elle dit d'un ton grave :

— Venant d'une jeune personne dont les parents sont d'origine africaine, la vénération de l'esclavage me paraît de mauvais goût.

Fatimata place une main devant sa bouche en roulant des yeux exorbités.

— Que mes ancêtres me pardonnent !

12

s'exclame-t-elle. Oh la la ! Quelle bêtise, je viens de dire !

— Mais non, dit madame Bacon, rassurante. On a bien compris que tu ne cherchais pas à plaisanter sur les horreurs du siècle passé. Mais il faut prendre garde aux propos de nos blagues.

— C'est Gabriel, le premier, qui a parlé d'esclaves, renchérit Sarasvatî en se tournant vers les garçons, à l'arrière. C'est de sa faute.

Ne sachant trop quel degré d'humour ou de reproche se cache dans l'allusion de l'adolescente, le jeune Innu répond avec un vague sourire.

« Pourquoi faut-il que je trouve cette fille si attirante, songe-t-il, alors qu'elle n'arrête jamais de me lancer des pointes ? »

« Pourquoi faut-il que je m'en prenne continuellement à ce garçon, médite Sarasvatî, alors que je le trouve si mignon ? »

« Ce doit être parce qu'elle ne m'affectionne pas beaucoup, se répond Gabriel à lui-même. »

« Ce doit être parce que, justement, il m'attire tant, se dit Sarasvatî en elle-même. »

— La Bande des cinq continents ! J'aime beaucoup le nom de votre club, affirme monsieur Bacon en jetant un œil dans le rétroviseur.

— Ce n'est pas un nom de club, grand-papa, corrige Gabriel. C'est le nom d'une simple communauté d'amis. Didier a remarqué qu'à nous cinq nous symbolisions toute la planète.

— C'est comme une association amicale, précise Didier en levant à peine le nez de l'article qu'il est en train de parcourir sur la colonisation de la Nouvelle-France. Il jette un coup d'œil rapide vers Gabriel et précise : Toutefois, cela représente quand même plus qu'une simple appartenance. Si l'un de nous refusait son amitié aux autres, la bande complète éclaterait ; il ne serait plus possible de représenter les cinq continents.

Le jeune Innu se demande si son ami d'origine française cherche à le mettre en garde contre les piques que lui et l'adolescente hindoue se lancent, à l'occasion, à mots couverts. Tandis que Didier replonge son nez dans le gros livre posé sur ses genoux, monsieur Bacon persiste :

— Qu'importe ! Club, association, regroupement... Le nom est joli et original. J'aime beaucoup.

— Moi, en tout cas, dit Médéric en refoulant sa timidité, j'espère que notre

14

bande durera toujours. C'est grâce à mes quatre amis que j'ai échappé à des kidnappeurs[1]. Jamais je ne les abandonnerai. Je serai toujours là pour chacun d'eux.

— Nous aussi, nous voulons que la bande dure toujours, Médé, approuve Sarasvatî en se tournant vers lui.

— Nous sommes amis pour la vie, renchérit Fatimata.

Les cinq copains se regardent dans les yeux à tour de rôle, approuvant cette promesse en hochant la tête d'un air entendu. Les yeux verts de Gabriel se perdent un peu plus longuement dans le regard ténébreux de Sarasvatî.

Le véhicule vient de s'immobiliser devant une maison banale qui jouxte un garage.

— *Kuei, kuei ! Minu-takushinuk !* lance une femme qui en émerge, un enfant dans les bras.

---

1. Voir : *La mèche blanche*, la première aventure de La Bande des cinq continents.

Fatimata et Sarasvatî jettent à Gabriel un regard interrogateur. Avant que le garçon puisse répondre, c'est Didier qui réplique :

— C'est de l'innu ; elle nous souhaite la bienvenue.

Monsieur Bacon, extirpant ses cent dix kilos du véhicule avec une souplesse étonnante, rétorque :

— Ça alors ! J'ignorais que les copains de Gabriel en connaissaient autant sur notre langue.

— Je l'ai lu dans mon livre pendant le trajet, explique Didier en ayant l'air de s'excuser, les joues rosées.

— Bon retour à la maison ! s'exclame la femme en français, s'adressant visiblement à monsieur et madame Bacon, mais en fixant les adolescents. Contente de vous revoir.

— C'est ma tante Jeanne, souffle Gabriel à ses compagnons. C'est la sœur de ma mère. Elle est un peu…

— Et ça, c'est mon Gabichouchou, ça ? s'exclame la femme. Comme il a grandi en moins d'un an. Viens ici donner un bec à ta *matante*.

— … elle est un peu bizarre, poursuit le garçon en sentant lui aussi le rouge monter à ses joues, mais elle est gentille.

16

— Va embrasser ta *matante*, Gabi-chouchou, murmure Didier en faisant semblant de s'intéresser à son sac de voyage qu'il extrait de sous le siège.

Les trois autres compagnons laissent échapper un gloussement tandis que la femme arrive en trottinant. Elle a un large derrière qui étire à l'extrême un pantalon de jogging déjà ample.

— Comme tu es grand ! Comme tu es beau ! fait-elle en écrasant Gabriel entre ses deux bras énormes. Je suis si contente de te revoir.

— Moi... moi aussi, ma tante, répond le garçon en cherchant à reprendre son souffle.

— Et eux ? Ce sont tes amis ? demande-t-elle en désignant de sa main potelée les adolescents qui fixent la scène, un sourire amusé au coin des lèvres. Bienvenue ! Bienvenue !

— Merci, madame.

— Merci, madame. Bonjour.

— Allez, les flos ! lance monsieur Bacon avec une expression typique de la région. Vous avez déjà oublié que vous êtes ici pour travailler ? J'ai besoin de bras pour descendre les bagages du toit de la voiture.

— Vraiment, Alban, s'insurge madame Bacon, donne-leur le temps d'arriver, les pauvres.

— Est-ce que je prends le temps, moi ? Allez ! Au travail, bande de citadins paresseux !

Et il éclate d'un rire tonitruant sous les hochements de tête de madame Bacon. Riant à son tour, trop content d'échapper aux étreintes de sa tante Jeanne, Gabriel rejoint son grand-père pour dénouer les cordes qui retiennent le matériel sur le porte-bagages. Toute la bande le seconde aussitôt et chacun se taquine en se traitant mutuellement de « plus paresseux du groupe ».

— Alban ! Oh ! Alban !

Un homme, maigre comme un aulne, arrive en boitillant. Malgré la température douce, il porte une tuque de laine et une veste doublée. Il paraît essoufflé comme s'il courait depuis l'autre extrémité du village.

— Salut, Dieudonné, dit monsieur Bacon en l'accueillant. Je te croyais déjà à la pêche ; que fais-tu par ici ?

— J'en arrive, halète-t-il en passant la manche de son poignet sous son nez humide. J'en arrive…

18

Il semble s'étonner une seconde de la présence des enfants puis poursuit à l'intention du grand-père :

— Amènes-tu des touristes à ta pourvoirie ?

Monsieur Bacon désigne la bande d'un geste ample de la main.

— Ce sont les amis de mon petit-fils. Voici Gabriel ; tu te souviens de lui ? Le garçon de ma fille aînée ?

— Oui, oui, répond l'homme en regardant à peine Gabriel. Donc, tu ne vas pas à ta...

— Mais oui, j'y vais. Gabriel et ses amis sont venus m'aider à ouvrir le camp de pêche pour la saison. J'ai quatre clients européens qui nous rejoindront aprèsdemain. D'ici là, nous devrons avoir fini de préparer le premier chalet.

— Annule tout ; n'y va pas. En tout cas, pas tout de suite.

— Qu'est-ce que tu racontes ? Pourquoi ?

— Je suis passé par ton camp pas plus tard que ce matin. Il... il y a...

L'homme hésite, jette de rapides coups d'œil aux enfants, regarde de nouveau le grand-père...

— Eh bien ? s'exclame ce dernier. Qu'est-ce qu'il y a à mon camp qui te met dans un état pareil ?

— Un monstre, Alban ! Il y a un monstre qui sillonne ton territoire.

2

En s'éloignant de la mer

L e lendemain matin, autour des assiettes remplies d'omelette, de crêpes, de
cretons, de confiture, de fèves au lard et
de toasts, la bande des cinq copains, le
dessous du nez taché de chocolat chaud et
de sirop, commentent le programme de
la journée. Madame Bacon et la tante
Jeanne, le bébé attaché dans un siège
posé sur le comptoir de la cuisine, rem-
plissent les assiettes à mesure qu'elles
se vident.

— Il faut bien manger ; Alban va vous
faire travailler fort.

— Une heure de route de gravier jusqu'au campement, explique Gabriel à ses compagnons. En pleine forêt, nous trouverons encore un peu de neige. Tout le monde a apporté de bonnes chaussures tel que recommandé ?

Chacun approuve de la tête, la bouche pleine.

— Parfait ! rétorque monsieur Bacon qui vient de s'asseoir auprès des adolescents, un café bouillant à la main. Pas question de revenir à la mer pour quelqu'un qui n'aurait pas suivi les directives.

— Revenir à la mer ? s'étonne Sarasvatî qui ne comprend pas l'expression.

— Quitter la forêt pour retourner au village sur les rives du fleuve, explique Gabriel.

— On aura trop à faire pour écourter notre visite, poursuit le grand-père. L'an dernier, à cause de la neige plus abondante, j'ai retardé l'ouverture de ma pourvoirie ; il n'en fallait pas plus aux braconniers pour installer des filets dans la décharge de mon lac et partir avec je ne sais combien de centaines de truites.

— Vraiment ? s'émeut Fatimata, toujours touchée lorsqu'il s'agit du monde animal.

— Et n'oubliez pas, reprend monsieur Bacon, que mes premiers clients arrivent demain soir. Il faut réparer le chalet principal de toutes les avaries possibles survenues au cours de l'hiver. Et, selon Dieudonné qui est passé par là cette semaine, il semble qu'il y ait beaucoup de choses à restaurer.

— Justement, monsieur Bacon, dit Fatimata avant de prendre une nouvelle bouchée. Ce fameux monsieur qui est venu vous voir, hier, lorsqu'il a parlé d'un monstre, vous avez éclaté de rire. Mais... mais de quoi parlait-il exactement ?

Le grand-père arbore un large sourire un peu exagéré, et réplique par une question.

— Ça t'inquiète ?

— Non, pas vraiment, répond la jeune Africaine d'une voix sincère ; je ne crains pas les animaux, mais je me demandais ce qui effrayait tant ce monsieur.

Le grand-père fait un geste évasif devant le peu d'importance du sujet.

— Bof ! Dieudonné est un gars bizarre. Il passe son temps tout seul dans la forêt à boire du gin. Forcément, ça finit par affecter son jugement. Il ne sait plus faire la distinction entre ses cauchemars et la réalité.

— C'est de la fabulation, alors ? Il n'y a pas de monstre ? demande Médéric avec la naïveté de son âge.

— Bien sûr que non, Médé ! rétorque Didier en prenant un ton paternaliste. Les monstres, ça n'existe pas.

— On voit que vous n'avez pas connu mon beau-père, riposte monsieur Bacon dans un de ses éclats de rire caractéristiques. Puis, trop heureux de pouvoir gommer le sujet, il enjoint : Bon, allez les urbains ! Finissez-moi ces plats jusqu'à la porcelaine. Prenez le maximum de force, je ne veux pas être assisté par des lavettes.

Sans plus se soucier du monstre, la bande des cinq continents continue d'engouffrer les généreuses portions que la grand-mère et la tante Jeanne persistent à mettre dans leur assiette. C'est avec le ventre gonflé et le visage radieux que les adolescents prennent place à bord de la fourgonnette. Sous les au revoir des deux femmes qui restent à la maison, le véhicule s'ébranle, traverse le village, parcourt un moment la route 138, puis s'engage sur un chemin de gravelle qui s'enfonce au cœur de la forêt nord-côtière.

— Ça alors ! Ça alors ! Ça alors !

Les cinq copains ont le nez collé sur les vitres du véhicule tandis que monsieur Bacon roule lentement.

— C'est magnifique ! s'exclame Fatimata en échangeant un long regard avec la femelle orignal qui a quitté la route pour se réfugier dans le fossé. C'est la première fois que j'en vois un pour de vrai... ailleurs que dans les zoos, je veux dire.

— Elle paraît moins surprise de nous voir que nous de la trouver là, plaisante Gabriel qui, assis à l'avant, près de son grand-père, joue au guide blasé. Il remarque : Elle me semble un peu maigre.

— C'est possible, confirme monsieur Bacon en se détournant de l'animal qui disparaît dans les fourrés. Elle a sans doute connu un hiver difficile. C'est la période des mises bas, mais on ne voit pas de petit. Soit elle l'a perdu, soit elle ne s'est pas accouplée l'automne dernier.

Tandis que le véhicule reprend sa course, les amis retrouvent leur place sur les banquettes, émerveillés.

— Rien que pour cette rencontre, affirme Fatimata, le voyage en valait la peine.

— Je ne suis pas une grande passionnée de la faune, avoue Sarasvatî, mais il est vrai que croiser un animal dans son habitat naturel représente une chance inouïe.

— C'est comme croiser un prof dans une école, finalement, plaisante Didier.

Un éclat de rire général secoue la fourgonnette.

La fonte récente des neiges maintient la route humide, empêchant la poussière de voler. Entre les conifères, au milieu des branches nues des aulnes et des touffes de Saint-Michel[2], on distingue encore des plaques glacées. Après une heure à cahoter dans les ornières, à ne croiser que des lièvres, des perdrix et des écureuils (et un orignal), le véhicule s'engage enfin dans un sentier peu visible, en grande partie masqué par les buissons de framboisiers et de catherinettes.

Au bout de deux cents mètres, la forêt s'éclaircit et laisse place à un terrain vague qui longe un lac. Des lamelles de

---

2. Le Saint-Michel est un ensemble dense de jeunes sapins.

glace y flottent ici et là. Un quai en bois ronds, à demi immergé, retient une chaloupe qu'on a renversée l'automne précédent pour éviter qu'elle ne se remplisse de neige. À côté, le chalet attend les arrivants avec l'allure paisible d'un vieil oncle endormi ; ses fenêtres aux rideaux tirés ressemblent à des paupières closes. Son toit en bardeaux d'asphalte ne semble pas avoir pâti des rigueurs de la saison froide. Ses côtés, recouverts de contreplaqué, paraissent bien solides, et les vitres sont intactes.

— On dirait que rien de fâcheux ne s'est produit ces derniers mois, grand-papa, indique Gabriel. Tout semble en ordre.

— On dirait, on dirait... rétorque l'homme. Dieudonné, pourtant...

Sans poursuivre sa phrase, il pointe du doigt l'autre côté du lac. À distance régulière, quatre autres bâtiments apparaissent, tous semblables. Des trottoirs de bois les relient au lac, pareils à des langues tirées. Sur chaque quai, on aperçoit des chaloupes renversées.

— Avant de crier victoire, il faudra faire le tour des chalets secondaires, souligne-t-il. Vu d'ici, en tout cas, tout semble normal.

28

Il délaisse l'autre rive et marche vers le bâtiment principal. Il observe la toiture, les fenêtres… Il s'arrête brusquement, le regard tourné à l'opposé du chalet, en direction d'une allée de cailloux. Sous l'entrelacs des branches d'érables rouges, une plaque de tôle apparaît au ras du sol. Monsieur Bacon s'en approche, les sourcils froncés.

— Qu'est-ce qu'il y a, grand-papa ? demande Gabriel en constatant que ses quatre copains ont remarqué eux aussi la mine soucieuse de l'homme et qu'ils se sont immobilisés.

— Ah, bien, par exemple ! s'exclame celui-ci, penché sur une portion boueuse du terrain. Je n'ai jamais vu ça.

— Qu'est-ce qu'il y a ? répète Gabriel en approchant… suivi aussitôt par ses amis, intrigués.

— Dieudonné avait peut-être raison, après tout.

— Que veux-tu dire ?

Sans le regarder, le grand-père répond :

— Il y a réellement un monstre dans le secteur.

3

Les pistes géantes

La plaque de tôle sert de couvercle à une cavité aux parois de bois. Elle repose sur le côté, ses pentures arrachées. Le fermoir qui permettait de maintenir l'ensemble hermétique, plutôt que d'avoir été soulevé, a également été brisé.

— C'est mon caveau à patates, ma chambre froide, dit monsieur Bacon, accroupi devant l'espace vide. Il est si étanche que les odeurs n'en émanent pas... du moins, jusqu'à maintenant.

— Tu y avais laissé de la nourriture, grand-papa ?

— Non, je l'ai vidé à l'automne lors de mon dernier passage. Mais je ne l'ai pas nettoyé ; alors, il est possible que certains relents de légumes et de fruits aient persisté.

— C'est un ours qui a fait ça, pas vrai ?

Gabriel observe les traces qui ont remué le sol autour du trou. Des branches et des troncs, d'un diamètre atteignant jusqu'à huit centimètres, ont été cassés et reposent à proximité dans un désordre total. Les quatre autres membres de la bande se sont approchés et entourent les Innus[3] penchés sur les dégâts. Monsieur Bacon répond :

— On dirait bien un ours, oui. Mais je n'ai jamais vu de traces de cette ampleur ni de cette profondeur. Ou c'est un ours géant ou c'est… un monstre.

— Oh, mon Dieu, regardez ! s'exclame Didier en pointant du doigt quelque chose devant lui.

De cet angle du terrain, il est possible d'apercevoir le mur du chalet qui, opposé

3. Autrefois désignés Naskapi-Montagnais, les Innus sont un peuple de langue algonquine. Leur territoire couvre l'est de la province de Québec et le Labrador. Dans leur langue, le mot innu signifie « être humain ».

au sentier, fait face au lac. Apparaît alors, au milieu des déchirures de papier goudronné, de bardeaux éclatés et de planches cassées, un trou immense qui borde une fenêtre aux vitres fracassées.

— Oh non ! lance monsieur Bacon en se précipitant. Dieudonné n'a pas rêvé.

Par le trou, on distingue que tout est sens dessus dessous dans le chalet. Table et chaises brisées, armoires arrachées, murs défoncés...

— Vise-moi ces traces, grand-papa ! dit Gabriel en désignant le sol boueux au pied du bâtiment. Cet ours est colossal.

— On a affaire à un géant, renchérit Didier, les yeux écarquillés.

— C'est sans doute à cause de la terre humide, suggère Fatimata ; les traces sont évasées. Selon moi, les pattes devraient être moitié moins grandes. Un ours noir ne peut avoir cette taille ; on dirait un grizzli.

— Pour une Africaine, mademoiselle s'y connaît en ours d'Amérique, ironise monsieur Bacon sans regarder l'adolescente, les yeux fixés sur le désordre. Il n'y a pas de grizzli au Québec.

Les dents serrées, il semble un tantinet agacé par les remarques des jeunes

34

autour de lui. Visiblement, le saccage de sa propriété le bouleverse.

— Je ne m'y connais pas autant que vous, monsieur Bacon, réplique Fatimata qui n'a pas remarqué la mine ravagée de l'homme et qui examine les traces de plus près, mais il y a quelque chose de bizarre ici qui...

— Tu m'en diras tant, grince l'Innu en se désintéressant complètement de la jeune fille et en agrippant les côtés de l'ouverture pour sauter à l'intérieur du bâtiment.

À cause de sa corpulence, sa souplesse étonne toujours.

— Oh, bonne Sainte-Anne ! s'exclame-t-il. On en a pour la semaine à tout remettre en état. Et je n'aurai pas assez de bois.

— Il y a quelque chose de bizarre, insiste Fatimata...

— Laisse tomber, chuchote Sarasvatî en plaçant une main sur l'épaule de sa copine. Je ne crois pas que monsieur Bacon se sente disposé à entendre des observations d'ordre zoologique.

Fatimata lève les yeux et aperçoit Didier et Médéric qui approuvent en hochant discrètement de la tête.

Toute la journée, fouettés par l'ampleur de la tâche à accomplir avant l'arrivée des touristes prévue pour le lendemain, les cinq amis, sous les directives de monsieur Bacon, se mettent au travail afin de redonner au bâtiment, si ce n'est du lustre, du moins un caractère fonctionnel. Au grand soulagement du grand-père, l'animal ne s'est pas trop acharné sur l'intérieur. Ne repérant pas de nourriture dans les armoires ni dans le réfrigérateur au gaz dont la porte avait été laissée ouverte, il est reparti sans casser d'autres vitres et sans arracher la porte. Il est pourtant assez fréquent chez les ours qui pénètrent dans un bâtiment de pratiquer une ouverture pour entrer, et une seconde pour sortir.

— Dans notre malheur, déclare l'Innu, philosophe, nous ne nous en tirons pas trop mal.

Succédant à l'abattement du matin, le dynamisme et la volonté, propres à son caractère, reviennent rapidement. Donnant des directives à l'un et des suggestions à l'autre, secondant l'une et prêtant main forte à l'autre, motivant et stimulant sans cesse autour de lui, monsieur Bacon réussit à faire de toute la bande une équipe cohérente et efficace. Même Médéric, en dépit de sa maladresse, s'attire des éloges après avoir remplacé des lattes de bois déclouées.

— Bravo, mon grand, complimente l'Innu. Garde ce rythme ; ce n'est pas rapide, mais au moins on n'a pas à reprendre le travail derrière toi.

— Dites-moi, monsieur Bacon, s'informe le garçon en fixant sur l'homme ses yeux grossis par les verres de ses lunettes, le... la bête, là... l'ours, il... il va revenir, vous croyez ?

— Mais non ! Qu'est-ce que tu crois ? Un ours, c'est trop craintif. Ces animaux-là ont peur des humains. Et puis, il a déjà constaté qu'il n'y avait pas de nourriture dans les environs ; ça ne l'intéresse plus de revenir.

— Oui, mais nous, il peut nous manger ?

L'Innu éclate d'un rire énorme, le premier depuis la découverte du saccage.

— Ce sont des histoires de Blancs, ça, mon gars ! Les ours s'attaquent si rarement aux humains qu'on peut presque affirmer que ça ne se produit jamais. Tu n'as aucune raison de t'inquiéter.

Fatimata, l'air embarrassé, s'approche de Gabriel et murmure à son oreille :

— Où sont les toilettes ? Je ne les trouve nulle part.

— Il y a une bécosse à l'arrière, répond le garçon en employant le même ton.

— Une bé… cosse ?

— Tu l'as vue ? Un peu retirée au fond du terrain ? C'est une cabane en bois rond, à peu près de la taille d'une remise. L'ours ne s'y est pas rendu. J'y suis allé plus tôt, tout est en ordre. J'ai laissé un rouleau de papier hygiénique :

— Il faut aller faire pipi là-bas ?

Gabriel hausse les épaules et rétorque avec un sourire narquois :

— Ben quoi, on est dans le bois, Mata. Tu dois t'adapter.

Avec une moue faussement contrariée, l'adolescente se dirige vers la sortie en grommelant :

— On se croirait chez mes ancêtres en Afrique, ouais.

À la fin de la journée, tandis que le soleil rougeoie de l'autre côté du lac, le chalet a repris une allure déjà plus respectable.

— Vous avez fait du bon travail, les enfants, annonce monsieur Bacon. Du sacré bon travail !

Didier et Médéric, affalés sur une chaise, morts de fatigue, répliquent d'un simple sourire. Sarasvatî, la main sur la poignée de porte, répond :

— Nous avons passé une excellente journée, monsieur Bacon. Vous nous avez fait travailler dur, mais l'effort physique n'est pas pour me déplaire.

— J'ai remarqué, oui, que pour une urbaine, tu étais drôlement efficace.

Il rit en désignant Didier et Médéric, et poursuit :

— Plus que ces deux jeunes hommes, en tout cas.

Sarasvatî accepte le compliment d'un simple hochement de tête puis sort du chalet. Elle choisit un espace dégagé près du quai et, face au lac, entreprend de pratiquer ses katas[4] en fixant au loin le miroitement du soleil sur les toitures des bâtiments.

— Cette fille est vraiment étonnante, remarque monsieur Bacon en l'observant par la fenêtre. Elle paraît infatigable.

Gabriel, affairé à mettre du bois dans le poêle en vue de la préparation du souper, ne réplique pas. Fatimata, à proximité, lui tend les bûches qu'elle retire d'un coffre. Le grand-père, contrarié de parler tout seul, insiste.

— Ta petite copine, Gabriel, je dis qu'elle est étonnante.

— Hm, hm, nasille simplement celui-ci en guise d'acquiescement.

— Ce n'est pas une réponse, ça. Tu n'es pas d'accord avec moi ?

Fatimata, la main sur la bouche pour retenir un rire, réagit à la place de Gabriel :

— Je ne sais pas pourquoi, mais dès qu'on parle de Sara à Gabriel ou de Gabriel à Sara, les deux rougissent comme des betteraves.

---

4. Dans les arts martiaux, enchaînement de mouvements effectués hors combat pour l'entraînement ou la démonstration.

— Mais qu'est-ce que tu racontes, toi ? fait Gabriel en feignant de s'intéresser aux allumettes qu'il a dans les mains. Je ne rougis pas pour... pour...

— Ah non ? glousse Didier. Alors, pourquoi tes joues ressemblent tout à coup au soleil en train de se coucher ?

Sarasvatî, à l'extérieur, se concentre justement sur la boule rouge qui lui fait face et qui sert de cible à ses atémis[5]. Elle ignore que cet ennemi imaginaire provoque l'immense éclat de rire qui vient de secouer le chalet.

En s'éveillant, Didier constate qu'il fait encore nuit noire. De ses yeux myopes, il aperçoit des étoiles floues briller par la fenêtre. Il colle le nez sur sa montre et lit 3 heures 10. Il se tourne dans son sac de couchage, mais devine qu'il ne se rendormira pas : il a trop envie d'aller aux toilettes. Résigné, il quitte la chaleur de sa couche en tâtonnant autour

5. Coup frappé avec le tranchant de la main, le coude, le genou ou le pied, dans les arts martiaux japonais.

de lui pour trouver ses lunettes. Gabriel dort profondément à côté, sur le même lit. Ses trois autres compagnons se partagent les matelas voisins. D'une pièce fermée, représentant la chambre principale, parviennent les ronflements de monsieur Bacon. S'efforçant d'être le plus silencieux possible, Didier enfile ses chaussures et son polar, puis se dirige vers la porte. Il l'ouvre lentement en serrant les dents chaque fois que les gonds se mettent à grincer. La fraîcheur de la nuit le saisit ; il grelotte sous sa veste.

Des pépiements et des clapotis l'accueillent, et il est surpris de constater que le silence de la nuit n'est qu'une formule poétique, qu'il n'existe pas. Bruissements d'eau contre le quai, gazouillis d'oiseaux nocturnes, grincements de branches dans la brise... La nuit regorge de sons.

Didier pointe sa lampe de poche sur les fourrés : la lumière crue du faisceau jaunâtre redessine l'orée des taillis, découpe des ombres. La forêt ressemble à une masse compacte, touffue et impénétrable ; si dense, en fait, qu'il ne semble pas possible d'y pénétrer. Peut-être cette impression est-elle accentuée par le firmament qui, piqueté de milliers d'étoiles, découpe la masse feuillue dans un clair-

obscur contrasté. Des cris lointains venus du ciel indiquent que des oies en migration remontent vers le nord. Didier ne parvient pas à les apercevoir en dépit de la brillance de la voûte céleste ; il se contente d'imaginer leur formation en V.

Un bruit soudain près de lui le fait sursauter : dans l'obscurité, l'adolescent a renversé la poubelle qui est tombée de la galerie. Elle roule sous l'escalier en étalant les reliefs du souper. Didier échappe un soupir de soulagement en espérant ne pas avoir réveillé tout le chalet.

Il descend les marches et s'enfonce à travers le sentier caillouteux menant aux lieux d'aisances. « Quelle drôle d'idée, songe-t-il, de devoir sortir pour satisfaire un besoin naturel. On n'est pas habitué à cela, nous. Dire que pour les cousins africains de Fatimata ou pour ceux de Sarasvatî, en Inde, c'est la norme. »

Le garçon s'enfonce au milieu des branches nues qui le cinglent chaque fois qu'il oublie de les retenir. Il suit le sentier en balayant le sol de sa lampe. Il évite des creux gorgés d'eau et de boue, contourne des ronciers et même une gerbe de merisiers. Le sentier devient sente, puis se transforme en vague piste, couverte de mousse. Didier hésite devant un chablis qui semble indiquer la suite du chemin puis, constatant qu'un bouquet de framboisiers lui bloque le passage, il revient sur ses pas. Les yeux rivés sur le rayonnement de sa lampe, il cherche en vain ses propres traces. Il scrute les trouées de la frondaison, mais ne parvient même plus à repérer le lac.

— Allons bon, murmure-t-il, je ne suis quand même pas perdu ; j'ai marché quelques mètres à peine. De quel côté dois-je rebrousser chemin ?

Il avance dans un sens, hésite, repart de l'autre, se prend dans une touffe de Saint-Michel et finit par se retrouver au milieu d'une clairière. Il dérange un écureuil qui pousse des cris avant de déguerpir. Les arbres s'agitent un peu plus ; la brise augmente peut-être en intensité. Les craquements lui paraissent plus forts.

— Elle est bonne, celle-là ! articule-t-il pour empêcher ses lèvres de trembler. Toute la bande va rire de moi si je les réveille en criant pour demander de l'aide. Bon sang ! Je ne suis pourtant pas loin du chalet ; ce ne doit pas être si difficile de retrouver son chemin.

Il lève les yeux vers le ciel et regrette de ne pas être capable, comme Médéric, de reconnaître les constellations. Il dirige de nouveau la lampe autour de lui. Tout à coup, il lui semble entendre un bruissement plus prononcé dans son dos. Se retournant d'un mouvement brusque, son bras heurte un obstacle et Didier laisse tomber la torche qui va se perdre dans un taillis.

Dans l'obscurité soudaine, Didier ne distingue pas contre quoi il s'est heurté. Les étoiles disparaissent au-dessus de sa tête comme si une masse énorme venait soudain de les voiler. Au moment où il comprend que cette masse se trouve à un mètre de son visage, il perçoit un grognement furieux. Il n'a même pas le temps d'avoir peur qu'il a l'impression que toute une montagne s'abat sur lui.

Didier s'effondre, écrasé dans la mousse froide.

4

Des empreintes
dans la mousse

— **D**ebout, les urbains !
Monsieur Bacon vient de sortir
de sa chambre en traversant celle qui
sert aux adolescents. Il s'agit en fait
d'une sorte de vestibule qui fait le lien
entre la chambre et le reste du chalet.

— Debout ! répète-t-il en atteignant
la pièce principale où se trouvent la cuisine et la salle à dîner. On a encore une
grosse journée devant nous.

— Six heures du matin, ronchonne
Sarasvatî en regardant sa montre.

Les adolescents s'ébrouent petit à petit, émergeant du profond sommeil dans lequel les a plongés la fatigue de la veille. Médéric, plaçant ses épaisses lunettes sur le bout de son nez, est le premier à s'extirper de son sac de couchage. En guise de bonjour, il sourit à Sarasvatî.

— Bien dormi, Médé ? demande celle-ci en repoussant sa tignasse. Moi, j'ai rêvé toute la nuit qu'un orignal me pourchassait dans les buissons.

— Écoutez tous ces oiseaux ! s'exclame Fatimata, les genoux ramenés vers elle, les bras autour des jambes, les yeux fixés sur la fenêtre. N'est-ce pas magnifique ?

— Il est certain que c'est plus agréable que la sonnerie d'un réveille-matin, approuve Sarasvatî.

— Ou les exhortations de grand-papa à sortir du lit, rajoute Gabriel en lorgnant vers la cuisine où l'Innu place des bûches dans le poêle.

— Comme c'est beau ! s'émerveille Médéric, l'index levé. Entendez-vous celui-ci ? On dirait vraiment qu'il chante une chanson.

— Mais c'est une chanson ! confirme monsieur Bacon.

48

Et il répète les notes en sifflant : touou-douou-touit-toudoutouit-toud-outouit.

— Tu connais les paroles ? demande l'homme.

— Euh… non, répond Médéric.

— Grand-papa ! s'exclame Gabriel qui devine la suite.

Sans tenir compte de l'intervention de son petit-fils, l'homme poursuit :

— Il chante : Cache tes fesses, Frédéric, Frédéric ! Et c'est pour cela qu'on appelle cet oiseau, un « Frédéric ».

Et l'homme éclate de rire sous les mines amusées des deux filles, l'air stupéfait de Médéric et l'expression affligée de Gabriel.

— En fait, précise Fatimata qui s'est arrachée à son sac de couchage pour observer les oiseaux par la fenêtre, le vrai nom de celui-ci est bruant à gorge blanche. On le retrouve partout au Québec, sauf dans l'extrême nord de la province.

Une allumette enflammée entre les doigts, figé dans son geste pour allumer le poêle, monsieur Bacon regarde Fatimata.

— Décidément, toi, c'est vrai que tu t'y connais en animaux. Moi, je ne connaissais que le nom de Frédéric.

Suivant des yeux le Tahitien qui, à genoux, se met à fouiller son bagage, Sarasvatî demande :

— Où est Didier ?

En roulant son sac de couchage pour le ranger, Gabriel répond :

— Il a dû sortir juste avant le réveil de grand-papa pour aller au petit coin.

— Qu'il se dépêche, alors ! clame l'Indienne en s'extirpant enfin de son sac. Moi aussi, je veux utiliser ces magnifiques toilettes.

— Que serait un séjour dans ce palace, ironise Fatimata en roulant les mains devant elle en signe de raffinement, si nous nous privions de la grande suite hygiénique ?

— Mais, très chère, poursuit Sarasvatî en embarquant dans le jeu de sa compagne, nous passerions à côté du nec plus ultra en matière de confort et de luxe.

— C'est moi qui rêve ou on fait du sarcasme, ici ? demande monsieur Bacon en pinçant les lèvres pour ne pas rire. Quand je pense que la Corporation de l'industrie touristique du Québec a accordé une étoile à ma pourvoirie.

Médéric, sortant l'ordinateur portatif de ses bagages, s'informe :

— Où puis-je me brancher pour Internet, monsieur Bacon ?

Pendant que Gabriel aide son grand-père à disposer les ustensiles sur la table et que le chalet se remplit d'effluves de café et de chocolat chaud, Sarasvatî bougonne devant la porte ouverte, une épaule appuyée contre le cadre.

— Qu'est-ce qu'il fabrique, Didier ? Il est resté coincé dans le trou de la bécosse, ou quoi ?

— Va voir, suggère Gabriel. Il est peut-être en train de rêvasser au bord du lac. Dis-lui que le déjeuner sera bientôt prêt.

Sans se retourner, Sarasvatî réplique :

— Et s'il est toujours aux toilettes ? Ce n'est pas à une fille de vérifier.

— Alors, vas-y avec Médé, propose le jeune Innu. Tu veux bien te rendre jusqu'à la cabane, Médé, pendant que Sara va jeter un œil près du chalet ?

— Bien sûr.

— Je t'accompagne, Sara, dit Fatimata. Je vais en profiter pour repérer les bruants qu'on entend partout…

— Ne tardez pas, ordonne monsieur Bacon. Je mets les pains à chauffer.

Au bout de cinq minutes, tout le monde revient s'asseoir à la table, sans Didier.

— Eh bien ? s'informe monsieur Bacon en soulevant exagérément les sourcils. Où est-il votre camarade ?

— Pas vu, répond simplement Sarasvatî en haussant les épaules et en s'intéressant aux différents pots de confiture alignés sur la table.

— On a même eu le temps de profiter de la suite princière, renchérit Fatimata. Comment se fait-il qu'il ne soit pas de retour ?

— Oh, là, je n'aime pas ça, murmure monsieur Bacon d'un air soucieux. Gabriel ?

— Oui ?

— Il sait nager, ton copain ?

Poussant un bruyant soupir de soulagement, monsieur Bacon confirme aux adolescents que les traces laissées par les pas de Didier se dirigent vers le sentier des bécosses et non vers le lac.

— Voyez, dit-il en désignant d'abord le sol, ensuite Sarasvatî et Fatimata ; les seules marques qui conduisent au lac sont celles qui correspondent aux semelles des filles.

— Il s'est perdu en forêt, vous croyez ? demande Fatimata.

— C'est presque impossible, répond l'Innu, encore accroupi. Il n'y a que quelques mètres entre le chalet et les bécosses. Il se tourne vers Gabriel : Qu'en penses-tu, toi ? Tu crois qu'il peut s'être égaré ?

Avec une mine inquiète, l'adolescent observe les fourrés, puis répond :

— Didier est si distrait parfois. Ce n'est pas impossible.

— Allez ! lance Sarasvatî avec ce ton autoritaire qu'elle emploie de temps à autre, on se met tous à sa recherche. Chacun de son côté.

— Holà ! Holà ! objecte monsieur Bacon en se relevant et en retenant le bras de l'adolescente qui s'apprêtait à filer en direction des arbres. Il n'est pas question que vous bougiez d'ici. Déjà que vous avez en partie détruit les pistes en vous rendant aux bécosses. Vous resterez sagement au chalet pendant que je tente de repérer de quel côté il a disparu.

Assis sur les marches du perron ou sur des pierres voisines afin de ne plus détruire de pistes, les adolescents observent monsieur Bacon se servir d'une

53

branche d'érable en guise de règle à mesurer. Avec un canif, il a gravé deux marques sur la branche ; elles correspondent à la longueur du pas de Didier, d'un talon à l'autre. Chaque fois que l'Innu perd la piste, il place la première marque de la branche sur la dernière empreinte au sol. Ensuite, il fait pivoter lentement la tige. La seconde marque au canif passe forcément au-dessus des endroits potentiels où aurait dû se poser le pied du garçon. Dès que l'Innu repère une légère dispersion parmi les amas de feuilles mortes, une cavité à peine visible dans la mousse, il sait que cela est dû à la semelle de Didier.

Gabriel est fasciné par la minutie avec laquelle son grand-père scrute le moindre élément, l'attention qu'il porte à chaque feuille au sol, à chaque plaquette de neige, à chaque caillou. L'exercice est d'autant plus difficile que, dix minutes plus tôt, les adolescents se sont rendus eux aussi aux bécosses et ont détruit des indices. Toutefois, assez vite, les recherches de monsieur Bacon l'amènent à dévier du passage menant aux lieux d'aisances pour se perdre dans une autre direction, là où les pistes n'ont pas été affectées. Le dos courbé de l'homme qui se

découpait à travers les bouquets d'aulnes et d'épineux disparaît alors dans la forêt.

Tandis que s'effacent derrière lui le chalet et ses dépendances, l'Innu avance au milieu d'un sentier de lièvres moussu où les pas de Didier se sont imprimés aussi facilement que dans du ciment frais. L'homme progresse rapidement, d'abord rassuré de constater qu'il s'éloigne du lac, puis inquiet de découvrir qu'il chemine vers la décharge. À cette étape de la fonte des neiges, le cours d'eau doit encore bondir avec force et son lit doit creuser plusieurs mètres de profondeur. Le grand-père de Gabriel accélère donc la cadence, non seulement à cause de son inquiétude croissante, mais parce que les pistes se dessinent clairement sur le tapis de mousse.

Puis, soudain, il s'arrête.

Au cœur d'un entrelacs d'empreintes où, visiblement, le garçon est revenu sur ses pas, la terre a été remuée de façon importante. Des branches sont cassées, de petits buissons sont retournés... Il s'est passé quelque chose !

L'Innu scrute le sol de manière plus précise, mais la tête n'y est plus ; l'inquiétude l'a gagné totalement. Il tente d'interpréter l'événement en recherchant des traces autres que celles de Didier. Des pattes d'ours par exemple, des griffures, mais en repérant une longue traînée qui crève la broussaille et s'enfonce vers la décharge, il perd toute prudence. Un couteau de chasse brandi au bout de son poing, il s'élance sur la piste en hurlant. Repoussant sans ménagement branches et buissons en frappant les troncs, il espère effrayer une éventuelle bête agressive. Si cette dernière est déjà penchée sur sa victime, mais qu'elle n'a pas encore eu le temps de la dévorer, le bruit l'obligera à détaler.

L'Innu s'arrête sur la rive de la décharge qui crache ses eaux furieuses. Le grondement du ruisseau enflé ressemble à celui d'un prédateur s'apprêtant à fondre sur sa proie. Le grand-père frissonne, la lame de son couteau dessinant des arabesques autour de lui à mesure qu'il scrute les alentours, nerveux, inquiet…

Soudain, son cœur bondit encore plus dans sa poitrine. À moins de vingt mètres de lui, sous le couvert d'une touffe de Saint-Michel coincée entre deux troncs de bouleaux, il vient de distinguer un mouvement. Il se déplace de trois pas pour couper l'angle... et reconnaît le jeans et les bottes de Didier !

Sans plus se soucier de quelque bête que ce soit, il bondit vers le buisson et le traverse d'une seule enjambée. Il se fige aussitôt sur place. L'Innu s'attendait à tout : il s'attendait à retrouver l'adolescent vivant et heureux d'être secouru, ou inconscient et blessé, voire mort et à demi dévoré. L'Innu s'attendait à tout sauf à cette scène qui se révèle à ses yeux.

Complètement perturbé, il demeure interdit, se demandant un instant s'il est fou ou en train de rêver. Quand il prend enfin conscience d'une présence dans son dos, il n'a pas le temps de se retourner. Il ressent un coup violent sur la tempe et s'écroule inconscient dans la talle de sapins.

5

Les belles et la bête

Pour passer le temps, les quatre amis se sont remis au travail, mais le cœur n'y est pas. Gabriel et Sarasvatî replacent les dernières planches déclouées tandis que Fatimata et Médéric peinturent le tour des fenêtres. Au milieu de l'avant-midi, Gabriel n'en peut plus d'inquiétude ; son grand-père aurait dû être de retour depuis longtemps. En se retournant pour prendre des clous dans la boîte derrière lui, il s'immobilise et fixe la forêt du regard. Il observe les épines des conifères luisant sous la lumière humide du soleil printanier ; ses oreilles semblent frémir sous le concert des bruants, de la brise et des clapotis du lac.

— Oh, Gabo ! Tu dors ? demande Sarasvatî.

— La forêt n'a pas de bonnes nouvelles pour nous, Sara. Je le sens.

— Encore ton intuition ?

Sans détourner les yeux, il répond :

— Le chant des oiseaux est triste ; celui du vent aussi. Le bois résonne de gémissements...

— Arrête de t'abandonner comme ça à ton imagination ! gronde la fille en prenant un air exaspéré. Ton grand-père est un fils des bois ; de la sève coule dans ses veines... comme toi, du reste. Cette forêt ne doit pas avoir de secrets pour lui. Alors, cesse de t'en faire ! Il va retrouver Didier où qu'il soit et le ramener ici. Je suis certaine que ça ne tardera plus, d'ailleurs. Didier ne peut s'être éloigné tant que ça.

Mais l'expression sereine qu'elle cherche à afficher ne peut cacher son anxiété.

Lorsque les montres indiquent midi et que vient le moment de manger, Gabriel a pris une décision. Il allume le poêle pour permettre à Fatimata et à Médéric de cuire le repas, place en bandoulière son sac en peau de castor dans lequel il glisse une gourde remplie d'eau, accroche un couteau à sa ceinture, puis annonce :

— Je vais à la recherche de grand-papa. Attendez-moi ici.

— Non, Gabriel ! proteste Sarasvatî. Tu vas te perdre, toi aussi.

— Pourquoi dis-tu « aussi »? Tu crois donc que mon grand-père s'est perdu ?

L'Indienne hésite en se mordillant la lèvre inférieure. Elle s'apprête à répliquer lorsque Gabriel tourne les talons pour se diriger vers la porte.

— Je serai de retour avant l'arrivée des touristes, ce soir, dit-il.

— N'y va pas ! lance à son tour Fatimata tandis que Gabriel tire déjà sur la poignée pour sortir. Si tu te perds et que ton grand-père revient, il sera furieux. Tu ne peux pas…

— Soyons sérieux, les filles, rétorque le garçon. Même si grand-papa n'avait pas retrouvé Didier, il serait déjà revenu pour réorganiser les recherches avec nous. Il ne nous aurait pas laissés dans l'inconnu. Et puis, écoutez…

Il a levé un index et, silencieux, fixe les filles.

— Quoi ? demande Sarasvatî au bout d'un moment. Je n'entends rien.

— La brise, dit Gabriel, les sourcils
légèrement froncés. La brise souffle un
air grave. Quelque chose a dû se pro-
duire.

Avant de laisser la porte claquer dans
son dos, il précise :

— Je connais bien ces bois. Je ne me
perdrai pas. Si je ne retrouve pas grand-
papa et Didier, nous redescendrons à la

mer avec les touristes pour chercher du secours.

À travers la fenêtre, les filles et Médéric le voient disparaître dans l'épaisseur des fourrés.

Gabriel repère les empreintes laissées par son grand-père ; elles sont profondes et faciles à détecter. Sans doute l'homme a-t-il agi exprès pour qu'on le retrace aisément en cas d'ennui. Lorsqu'une large pierre au ras du sol ou qu'une pente caillouteuse masque le passage de l'Innu, Gabriel se fie à son instinct pour retrouver la piste. Depuis qu'il est enfant, chaque fois qu'il se retrouve dans une situation délicate, il a l'impression que la nature lui suggère quoi faire. Il a donc appris à l'écouter ; jamais le vent ni les arbres ni les nuages ne l'ont trahi. Il place ses mains sur un tronc, sonde les vibrations de l'écorce, épie le tracé des herbes, écoute bruire les conifères dans la brise, puis choisit telle ou telle direction. À chaque occasion, à quelques mètres, il retrouve la marque bien dessinée d'une semelle ou une branche cassée ou le stigmate d'une lame sur une souche, des indices qui viennent confirmer le passage récent du grand-père.

Après vingt minutes de marche et de tâtonnements, le grondement de la décharge éteint tous les autres bruits de la forêt. Gabriel, le cœur battant, avance plus lentement, comme s'il pressentait que le danger résidait là, près de ce ruisseau en colère. Avec prudence, s'efforçant de demeurer invisible sous le couvert des taillis, il s'approche. À travers les branches, il ne distingue tout d'abord que l'écume boueuse des eaux. Le trop-plein du lac se jette sur une pente encore piquetée de monceaux de neige sale et de feuilles brûlées par le froid de l'hiver.

Avec des mouvements lents, Gabriel émerge de la frondaison et s'aventure sur l'espace vaseux qui tient lieu de berge. Bien qu'il sente l'inquiétude monter en lui, tout semble paisible et normal autour de lui. Des yeux, il inspecte les buissons les plus proches, ceux qui parsèment la pente, ceux qui délimitent la lisière de la rive d'en face. Et tout à coup, dans le ruisseau même, en équilibre parmi le bouillonnement des flots, luisant dans la lumière vive d'une trouée d'arbres, il aperçoit une toile d'araignée géante, un tricot lumineux qui découpe les vagues pour les répartir en milliers de tesselles liquides. La structure n'est guère visible sans le soleil qui la fait brasiller, mais elle étonne par son envergure... et par sa sauvagerie.

En comprenant devant quoi il se trouve, le jeune Innu sent la colère et la peur l'envahir à la fois. Il extirpe le couteau de sa ceinture, replace son sac plus haut sur son dos et, avec une expression farouche qui déforme son visage, il s'enfonce dans les aulnes qui longent le torrent.

Après avoir terminé leur repas, Fatimata, Sarasvatî et Médéric retournent à l'extérieur du chalet. Le gros garçon, assis sur une butte face au lac, s'empare d'un caillou et s'intéresse aux éclats que renvoient des cristaux de pyrite emprisonnés dans le granite. Les deux filles, installées sur les marches de la galerie, profitant des rayons du soleil, discutent en murmurant comme si elles craignaient d'inquiéter leur plus jeune compagnon.

— J'espère que toute cette histoire se terminera bien, dit Fatimata ; je suis tellement inquiète pour ce pauvre Didier.

— Moi, je suis plutôt exaspérée par ces trois zigotos, renchérit Sarasvatî en

cherchant à diluer dans un ton de reproche la crainte que lui inspire la dispari-
tion des garçons et du grand-père. L'un
pour sa distraction, l'autre pour son pa-
ternalisme, et le troisième pour sa pré-
tention.

— Ne sois pas amère, Sara, dit Fatimata dont la voix est toujours posée. Vu
les circonstances, je crois que Gabriel et
son grand-père ont agi de la meilleure
façon pour éviter de multiplier les problè-
mes.

— Tu parles, oui. Nous voilà aban-
donnés tous les trois sans aucune nouvelle de qui que ce soit et sans savoir que
faire. Didier et le grand-père sont très
certainement perdus quelque part et
Gabriel va les imiter dans les heures qui
viennent. Nous sommes seuls ici, à attendre la venue d'un groupe d'inconnus à
qui il faudra demander de rebrousser
chemin pour aller chercher la police.

Ne trouvant rien à répliquer, Fatimata soupire, le visage dans ses mains et
les coudes sur ses genoux. Elle observe
un moment les reflets du soleil jouer sur
les vaguelettes du lac, suit le vol d'une
hirondelle, écoute les trilles d'un roitelet,
puis perd son regard dans les traces laissées par l'ours.

— N'empêche que c'est étrange, souffle-t-elle au bout d'un moment, sans avoir perdu sa pose ennuyée.

— Eh zut ! T'as vu le dégât, ici ? lance Sarasvatî sans répondre à l'observation de sa copine. Qui a renversé cette poubelle sous la galerie ?

Elle descend les marches et entreprend de replacer les déchets dans le sac qui émerge du contenant en plastique.

— Vraiment étrange, répète Fatimata.

— De quoi parles-tu ? demande enfin Sarasvatî, tandis qu'elle récupère peaux de banane, pelures d'orange, restes de sandwiches et rebuts divers.

— Les pistes d'ours : elles ne paraissent pas très naturelles.

— Qu'est-ce qui te fait croire cela ?

Toujours sans bouger, Fatimata réplique :

— Les petites, d'accord, elles semblent correspondre aux pattes d'un ours, mais les grandes, là, elles paraissent... ne paraissent pas...

Elle se lève et se rapproche de l'endroit où, la veille, un trou béant perçait le chalet. La majorité des pistes d'animaux ont été effacées par le passage fréquent des humains. Malgré tout, l'Africaine parvient à repérer trois ou quatre empreintes encore intactes.

— Viens voir, Sara. Tu vas constater comme c'est étrange.

L'Indienne replace la poubelle sur sa base puis se rapproche de sa copine.

— Regarde, dit cette dernière en pointant le sol de l'index. Que remarques-tu ?

Sarasvatî observe les pistes un moment, mais ne décèle rien de particulier.

— Tu ne trouves pas que ces traces, les larges, sont un peu trop… identiques ?

L'Indienne plisse les lèvres dans une moue signifiant « et alors ? ».

— N'est-ce pas étrange ? poursuit Fatimata. Regarde la position de l'ergot : il correspond à une patte droite. Et vois cette écorchure du coussinet : on la retrouve partout. Il y a une seule patte large qui laisse des traces dans le sol ; on n'en trouve aucune des trois autres.

— Il y a plein de marques plus petites, indique Sarasvatî. Il s'agit peut-être d'un animal infirme qui a une patte plus grosse que les autres. Ça nous donne l'impression qu'il s'agit d'un géant.

— Si c'était le cas, alors cette paume plus large s'enfoncerait moins que les autres dans la boue. Or, c'est l'inverse : l'empreinte est plus profonde. Cette trace unique appartient à un animal différent de celui qui a laissé toutes les autres pistes.

— Mata…

— C'est étrange, poursuit l'Africaine sans se préoccuper de la main que l'Indienne vient de poser sur son épaule. On dirait un ours qui saute à cloche-pied. Si monsieur Bacon n'avait pas été aussi perturbé par son chalet dévasté, je suis certaine qu'il…

— Mata…

— Et là, tu vois ? Deux traces absolument identiques à cinq centimètres l'une de l'autre. Quelle bête pourrait…

— Mata, bon sang ! Regarde !

L'Africaine lève des yeux étonnés vers son amie et la découvre, pétrifiée, bouche bée, les jambes flageolantes, un index pointé devant elle. Fatimata suit du regard la direction signalée par le doigt et, au pied d'une rangée de baumiers, aperçoit une masse de poils noirs. D'une taille qui paraît démesurée, l'animal approche en louvoyant, son long museau reniflant le sol.

— Par mes ancêtres, murmure Fatimata. Un… un…

— Un ours ! hurle Médéric qui vient d'apparaître dans le dos des filles.

L'animal, surpris de trouver des concurrents près de la source de nourriture qu'il suit à l'odorat, se lève brusquement sur ses pattes postérieures. Affamé par son long hivernage, il n'a pas l'intention de se laisser prendre son butin par des intrus aussi frêles qu'inopportuns. Lorsqu'il pousse un grognement de colère et qu'il se laisse retomber sur ses pattes

70

antérieures pour foncer devant lui, Fatimata devine que les adolescents ne pour-
ront lui échapper... du moins, pas tous
les trois.

Les eaux vides

Lorsqu'il revient à lui, monsieur Bacon prend plusieurs secondes avant de se rappeler pourquoi il n'a pas le visage enfoui dans son oreiller, mais dans la mousse humide, pourquoi il n'est pas couché dans la chaleur de ses draps, mais contre la moiteur du sol, pourquoi il ne retrouve pas les murs de sa chambre, mais le tronc des épineux… Monsieur Bacon prend plusieurs secondes avant de constater qu'il a mal à la tête.

Il grogne un peu, pareille à une bête, secoue le chef comme si cela l'aidait à recouvrer ses esprits, puis se souvient de Didier. Il se souvient que, juste avant de perdre connaissance, il a retrouvé le garçon, caché près d'une touffe de Saint-Michel... bâillonné et les mains ligotées dans le dos !

L'Innu cherche à se remettre debout, mais là encore s'écoulent une ou deux secondes avant qu'il comprenne ce qui l'en empêche. Ses bras et ses jambes ne lui obéissent plus ; il est ligoté lui aussi ! Il lève les yeux, distingue un mouvement vague sur sa gauche au milieu des branches qui lui masquent la vue. En se contorsionnant, il parvient à se relever sur son séant et à s'appuyer au tronc d'un pin gris. Il reconnaît alors un grand maigrichon, vêtu d'une veste usée et coiffé d'une tuque défraîchie, les mains sales, les bottes et le pantalon couverts de boue, en train de transporter des boîtes de carton remplies de truites encore frétillantes.

— Dieudonné ! s'écrie monsieur Bacon. Vieux salaud ! C'est toi qui *sennes*[6] mon lac ?

---

6. Le verbe « senner » est un régionalisme venant du mot « senne », filet que traînent les bateaux en pêchant. Senner un lac signifie « braconner ».

— Ah ! t'es réveillé, Alban ? répond le maigrichon en s'arrêtant. Je croyais que t'étais mort.

— C'est toi qui m'as attaché, espèce d'ivrogne ? Détache-moi immédiatement !

Une expression triste marque un moment le visage de Dieudonné ; l'homme la chasse en grimaçant tandis qu'il pose à ses pieds la boîte qu'il soulevait.

— Alban, Alban… psalmodie-t-il en dodelinant de la tête. Je… Je peux pas. Je… Si tu vas raconter que tu m'as poigné à prendre du poisson, les gardes-chasse vont encore me faire des misères. Ils vont me saisir mon *pick-up*, ils vont me prendre tous mes agrès, ma chaloupe… Je peux pas, Alban. Je peux pas.

— Et comment qu'ils vont tout te saisir ! rage le grand-père en tirant sur ses liens trop solides. En plus, tu m'as frappé, vieux salaud. Tu vas te retrouver en prison !

La mine triste revient tandis que le maigrichon pose un regard rougi sur monsieur Bacon.

— Ben, c'est ça, Alban, tu vois ? Maintenant, ils vont m'enfermer. Je peux pas permettre ça. En prison, tu te rends compte ? Plus de gin, plus de tabac à pipe,

76

plus de pêche ni d'arbres ni d'oiseaux ni de ruisseau ni de…

— Et ce sera bien fait pour toi, criminel ! Tu n'avais qu'à y penser avant de te mettre à braconner. Maintenant, détache-moi ou je te jure que…

— Je peux pas, Alban, répète Dieudonné en se penchant sur sa boîte pour la soulever de nouveau. Je peux pas.

Le grand-père pousse un cri de rage en tournant la tête. Il aperçoit alors Didier qui l'observe à quelques pas.

— Hé, mon gars ! s'exclame-t-il en reprenant contenance. Ça va, toi ? Ce vieux fou ne t'a pas trop amoché ? Tu es blessé au front ?

L'adolescent esquisse un pâle sourire en guise de réponse, puis réplique :

— Ce n'est rien ; c'est lorsque ce type m'a sauté dessus. Il ne m'a pas…

— Quelle importance ? questionne le maigrichon en boitillant vers un fourré. Quelle importance puisque j'vais devoir vous éliminer tous les deux ?

Monsieur Bacon remarque que le buisson dissimule une remorque attelée à un VTT. Le braconnier souffle bruyamment en soulevant la boîte pour la placer sur le véhicule.

— Tantôt, tu t'inquiétais que je sois mort, lance le grand-père de Gabriel, et là, tu parles de m'éliminer ! Tu es saoul, Dieudonné.

— Ouais, comme d'habitude, réplique le maigrichon sans regarder l'homme et en retournant prendre une autre caisse. Comme d'habitude.

— On dirait que tu boites, mais dans le fond, tu titubes !

— Ouais, ouais... ronchonne l'ivrogne en soulevant un autre chargement de truites.

— Le salaud ! siffle monsieur Bacon entre ses dents. Le vieux salaud ! Après tout ce que j'ai fait pour l'aider, c'est lui qui vide mon lac. Ce devait être lui également le printemps dernier.

— Cette année, il s'y est pris en retard, soutient Didier.

Monsieur Bacon lève vers le garçon un regard étonné.

— Pourquoi dis-tu cela ?

— C'est lui qui me l'a expliqué. Il paraît qu'il a paniqué quand il a compris que vous étiez sur le point de monter à votre pourvoirie. Il se demandait par quel moyen il vous empêcherait de venir jusqu'à la décharge du lac découvrir ses installations illégales. Quand il a constaté

78

qu'un ours avait endommagé le chalet à la recherche de nourriture, il l'a attiré de nouveau en plaçant des déchets dans votre caveau à patates. Il a tenté de faire croire qu'il y avait une bête immense en créant de fausses pistes, en rajoutant des traces faites avec la patte d'un grizzli, un vieux souvenir de voyage qu'il avait chez lui. Puis il a arraché lui-même de grands pans de mur avec ses mains.

— Pourquoi s'être donné tout ce mal ? Le grand-père se tourne vers le maigrichon et répète un ton plus haut : Pourquoi avoir autant brisé mon chalet, espèce de salaud ? Pourquoi avoir inventé cette histoire de monstre ?

Le braconnier continue de transporter les boîtes et répond sans regarder ses deux prisonniers.

— Pour te donner assez de travail. Je voulais avoir le temps de tout ramasser avant que tu ne viennes par ici. Il hausse les épaules et conclut, fataliste : Raté.

— Dieudonné, je vais t'étrangler ! Je... Je vais...

— Mais oui, mais oui, réplique-t-il en posant une autre boîte sur sa remorque. Je sais bien que tu m'étranglerais si tu le pouvais.

Il se penche en avant et demeure immobile, appuyé au fond de la remorque. Il reste ainsi si longtemps que monsieur Bacon finit par se demander s'il ne s'est pas endormi.

— Saoul comme il est, je n'en serais pas surpris, ronchonne-t-il.

Mais le braconnier finit par se relever. Il renverse la tête en arrière et boit une rasade interminable à même le goulot d'une bouteille qu'il vide. Ensuite, penché de nouveau sur la remorque, il tire à lui un long étui en skaï[7]. Il se tourne pour faire face au grand-père et, au moment où il va lancer une menace, il laisse entendre un rôt retentissant.

— Dégueulasse ! s'exclame monsieur Bacon avec une moue de dégoût.

— Je sais bien que tu m'étranglerais, répète le maigrichon en reprenant ses esprits. Mais je t'en laisserai pas l'importitu... la portune... l'oppropretu... l'opprotunenité ; voilà ! J'vais te tuer avant... J'vais vous tuer tous les deux.

Et, dans un mouvement théâtral, il extirpe de l'enveloppe en skaï un long fusil de calibre douze.

---

7. Similicuir.

L'ours s'arrête soudainement, retombe sur ses quatre pattes et grogne, après avoir simulé une attaque.

— Ne courez pas ! ordonne Fatimata. Surtout, ne courez pas !

— Mais... mais... mais il va nous dévorer ! proteste Sarasvatî en jetant des coups d'œil autour d'elle afin de repérer l'espace le mieux dégagé pour déguerpir.

— Un ours peut courir jusqu'à cinquante kilomètres à l'heure, indique Fatimata en fixant l'animal et en accomplissant de larges moulinets avec les bras, alors impossible de s'en sortir en détalant. Faites comme moi : cherchez à lui faire peur, parlez fort, sautez dans les airs, faites-lui croire que nous sommes plus grands que lui. Il va s'éclipser. Mais, attention, ne le regardez pas dans les yeux : il se sentirait provoqué.

Blancs de terreur, Sarasvatî et Médéric tentent d'imiter leur copine africaine tandis que l'ours, incertain de la force de ses adversaires, grogne, gratte le sol de ses griffes antérieures, fonce de trois pas, recule, grogne de nouveau...

— Allez, mon grand ! hurle Fatimata. Va-t'en ! Tu vois bien qu'on n'a pas peur. Tu vois bien qu'on est trois et que tu es seul. Allez, file !

— Ouais, renchérit Sarasvatî qui tremble de la tête aux pieds. Fous le camp ! Tu vois bien qu'on n'a pas de griffes ni de crocs. Tu vois bien que tu ne ferais qu'une bouchée de nous trois, mais que tu es trop bête pour t'en apercevoir.

L'ours hésite, observant tour à tour les trois animaux mystérieux qui lui font face, s'étonnant de leur taille qui varie continuellement, de leurs membres qui s'agitent, s'inquiétant de leurs cris plaintifs, s'imprégnant de leur odeur étrange et inconnue... Il songe une seconde à rebrousser chemin, mais un effluve de fruit pourri et appétissant lui parvient de derrière ses adversaires, lui rappelant la faim qui le tenaille. Il fait deux pas, juché sur ses pattes postérieures, espérant convaincre ses opposants qu'il est plus grand qu'eux. Il semble avoir réussi, car au moment où il retombe sur ses quatre pattes, incapable de se décider à aller plus avant, il note que les animaux ont reculé. Un instant, il s'imagine que la panique va s'emparer d'eux et qu'ils vont détaler, lui ouvrant ainsi le chemin jusqu'à la source de nourriture. Hélas ! Deux rivaux seulement choisissent de reculer, le troisième continue de le confronter. Celui qui hurle le plus fort, le plus méchant sans doute, le plus robuste. L'ours a peur, car cet adversaire semble démesuré avec ses membres qui balaient l'air autour de lui.

— Allez ! hurle Fatimata sous les regards paniqués de Sarasvatî et de Médéric qui n'osent plus bouger. Allez, gros bêta ! Sauve-toi !

L'ours recule de deux pas, le cœur au galop. L'animal inconnu s'approche ! Il en est certain, il l'a vu avancer vers lui. Il paraît encore plus grand. Il se dit que s'il grognait suffisamment fort, l'autre aurait peut-être peur à son tour et lui laisserait la voie libre. Mais il bouge tant, il est si bruyant, si grand !

L'ours admet qu'il n'a pas le courage de le confronter, qu'il n'a pas la force de le vaincre ; il effectue un demi-cercle pour rebrousser chemin... à l'instant où une volute de la brise, insistante, lui apporte un nouveau parfum sucré.

Le plantigrade perd alors toute contenance, son estomac ayant préséance sur sa peur. Il se place face à son adversaire, remplit ses poumons d'air et pousse un formidable grognement. Il espère ainsi, non seulement effrayer son opposant, mais se convaincre de sa propre force et de son courage.

— Attention ! hurle Sarasvatî à Fatimata. Il fonce sur toi !

Encore sous le choc du grognement intimidant de l'ours, l'Africaine fige sur place, incapable de reprendre les moulinets de ses bras. La bête, crocs luisants et langue dégoulinante, griffes meurtrières battant l'air, oubliant peur et prudence, charge son adversaire.

7

Plus petit que soi

Didier observe sans y croire le maigrichon placer une première cartouche
dans le fusil. Cet ivrogne ne va tout de
même pas les abattre comme des lièvres !
Il a beau être imbibé de tout ce qu'il a bu
depuis le matin, il ne va tout de même
pas...

— Ne fais pas l'imbécile, Dieudonné,
dit monsieur Bacon, sa voix, pour la première fois, plus inquiète que furieuse. Tu
vas en prendre pour le reste de tes jours.

— La forêt me protègera, Alban, rétorque le saoulard en plaçant une deuxième

cartouche dans le canon. La forêt est notre mère à nous, les autochtones, notre bienfaitrice. Elle me protégera.

Et, les larmes aux yeux, fixant les arbres devant lui, le maigrichon psalmodie quelques litanies en innu, implorant peut-être les esprits de la forêt.

« Il est fou ! songe Didier. Il a le cerveau brûlé par l'alcool. Monsieur Bacon avait raison. Ce type ne fait plus la différence entre la réalité et le rêve. »

Le fusil tenu d'une seule main, l'homme ouvre les bras tel un Christ en croix, les yeux rivés sur les fantômes que dessinent les ombres de la frondaison. Les mots étranges qu'il ânonne dans cette langue insolite pour un Blanc provoquent chez Didier un malaise supplémentaire, celui de participer à un rituel meurtrier dont il ne comprend pas les rouages. Le pauvre ivrogne se croit investi d'un pouvoir ou d'une immunité l'habilitant à accomplir l'irréparable. C'est alors que le jeune Français a l'idée de tenter le tout pour le tout.

— Monsieur Dieudonné, lance-t-il, souvenez-vous de la légende de Mishta-push.

Surpris, l'ivrogne se tait et tourne vers l'adolescent un regard interrogateur.

Sans attendre, dans un innu maladroit, mais compréhensible, Didier poursuit :

— *Mishtapush, ueshkat e mishishtit uapush eshi-inniut miam innua, mititeu mashkua. Netshishkuat tshishenniu-ishkue-mashkua, ekue nipaiat, pakuneu, ekue uishkueietshit nenua mashkuiana. Mashkua tepuateuat enuet Mishtapusha : « Tshima ishinakuak tshetshi nipaishku auen anu e apishissishit mak tshin ». Tapue ekue ishinakuak Mishtapush uti-teu pishissa kie nipaiku anu e apishissi-shiniti*[8].

Il est difficile de dire qui, de monsieur Bacon ou de l'ivrogne, est le plus surpris. Chacun observe l'adolescent comme s'il était possédé par quelque démon polyglotte. On ne s'attend pas d'un petit Blanc qu'il puisse vous réciter à brûle-pourpoint

---

8. « Mishtapush, un gros lièvre vivant autrefois comme un homme, suivit un jour une piste d'ours. Rencontrant une vieille ourse, il la tua, prit sa peau et s'en couvrit. Grâce à son déguisement, il put s'approcher de la famille d'ours noirs et tuer ainsi les oursons pendant la nuit. Les ours crièrent à Mishtapush : « Nous te souhaitons d'être tué par un plus petit que toi ! » Le sort se confirma quand Mishtapush découvrit un campement de loups-cerviers et fut tué par un petit de la bande. »

87

et dans une langue qui lui est aussi étrangère que l'innu, une légende amérindienne. Le long moment de silence qui succède à l'intervention de Didier permet de voir défiler dans l'expression du braconnier toutes les questions qui se bousculent dans sa tête. « D'où sort ce gamin ? Est-il habité de l'esprit de la forêt ? Est-ce permanent ? Temporaire ? Si oui, est-ce expressément pour lui livrer un message à lui, Dieudonné ? Pourquoi un Blanc ? À moins que le garçon ne bluffe ? Comment savoir ? »

— Si je tire sur toi en premier, questionne le maigrichon en relevant le canon de son arme en direction de Didier, est-ce que l'esprit de Mishtapush me secondera ou si celui des ours te protégera ?

Le silence succède à l'intervention, alourdi cette fois par la menace du défi.

— Hein ? intervient de nouveau l'ivrogne tandis qu'il épaule son fusil. Lequel des esprits interviendra ? Mishtapush ou les ours ?

— L'esprit des poissons morts ! répond une voix venue des frondaisons.

Dieudonné interrompt son geste, incertain d'avoir bien entendu. Les arbres ont-ils parlé ou n'est-ce qu'un écho venu du ruisseau démonté ? Il note, dans l'atti-

tude étonnée d'Alban et du garçon, qu'eux aussi ont surpris le commentaire. Il tend l'oreille, scrute le sommet des conifères devant lui, cherche une manifestation visible de l'esprit de la forêt…

À peine a-t-il le temps d'entrevoir du coin de l'œil une forme luisante qu'il ressent un choc violent sur la joue. Déjà étourdi par l'alcool, il échappe son arme et tombe dans un bouquet de chicoutés. Paumes au sol, il n'a même pas le loisir de déplier les coudes pour se relever qu'un deuxième assaut le pousse plus loin dans les ronces. À moitié sonné, la forêt tournoyant autour de lui, il est stupéfait de trouver, à deux centimètres de son nez, la forme frétillante d'une truite qui se débat dans le branchage.

Un immense éclat de rire l'amène à lever les yeux et il aperçoit le petit-fils d'Alban Bacon en train de couper les liens qui retiennent son grand-père.

L'ours ne se trouve même pas à portée de griffes de son adversaire quand il ressent une douleur aiguë à la gueule. La bête inconnue devant lui l'a atteint aux mâchoires d'un violent coup de patte ; si violent, en fait, qu'il ne l'a même pas vu venir. Son courage, dès lors, s'évanouit ; la bête retombe sur ses quatre pattes et recule en grognant, moins de colère que de souffrance. Un goût de sang envahit sa bouche et ses crocs résonnent comme s'il avait tenté de mordre dans un arbre. Inquiet d'avoir à subir un deuxième assaut, le plantigrade préfère abandonner la nourriture et fuir ces opposants étranges et puissants. Quitte à revenir lorsque leur odeur aura déserté le lieu. Sans égards pour la touffe de framboisiers située derrière lui, l'ours plonge au milieu des épines, s'infligeant des écorchures douloureuses afin de retrouver au plus tôt le couvert des bois.

Encore sous le choc de l'assaut auquel elle vient d'échapper, Fatimata, les bras ballants le long du corps, hébétée, le souffle court, observe l'animal disparaître dans la frondaison. Lorsque le craquement des branches provoqué par l'ours en fuite cesse, un long moment de silence s'abat autour du chalet ; même les oiseaux semblent retenir leur souffle. Puis, éclate le cri de victoire de Sarasvatî.

— Yahou ! Médé, tu es un champion ! Tu es for-mi-daaaa-ble !

Tremblant de tous ses membres, le gros garçon s'avance vers Fatimata et récupère son caillou de granite constellé de pyrite. Il l'examine deux ou trois secondes afin de s'assurer que le choc ne l'a pas trop abîmé, puis sourit à Sarasvatî qui a entrepris une danse autour de Fatimata.

— Médé est un champion de baseball ! Médé est un champion de basketball ! Médé est un champion de…

— J'ai… j'ai failli me faire bouffer toute crue, s'écrie Fatimata, le regard toujours fixe devant elle.

— Et comment que t'as failli y passer ! s'exclame Sarasvatî qui poursuit sa danse en tournoyant maintenant autour du Tahitien. Mais tu as la chance d'avoir pour copain, le grand, le très grand, le magnifique Mé-déééé-ric !

Le garçon rit maintenant à gorge déployée, moins par amusement devant la façon dont l'Indienne évacue sa nervosité, que comme exutoire à son propre émoi.

— J'ai failli me faire bouffer toute crue, répète Fatimata qui ne parvient pas à détacher son regard de l'endroit où l'ours a disparu.

— Mais tu es sauve ! réplique Saras-vatî en arrêtant de danser pour se placer face à l'Africaine, ses dents luisant dans un large sourire. Tu es sauve, je suis sauve, et tout ça grâce à qui ?

Médéric bombe le torse en notant que, s'il retient sa respiration, il parvient à réduire les tremblements qui l'agitent encore.

— Nous sommes saufs, finit par ad-mettre Fatimata en poussant un soupir sonore. Nous sommes encore vivants, oui. Nous l'avons échappé belle !

— N'est-ce pas ? rigole Sarasvatî en ouvrant les bras à Médéric pour l'inviter à une chaleureuse accolade.

L'Africaine place une main sur sa bouche en continuant de regarder en direction de la forêt. Elle dit, hésitante :

— Mais si…

— Si quoi ? demande Sarasvatî en pi-votant vers elle et en perdant un peu de son sourire.

— Si l'ours revenait ?

Les trois amis se regardent un mo-ment ; le silence paraît lourd. Lorsqu'un écureuil, contrarié par le passage d'un oiseau, lance un cri de colère, Sarasvatî, Fatimata et Médéric bondissent et cou-rent se réfugier dans le chalet.

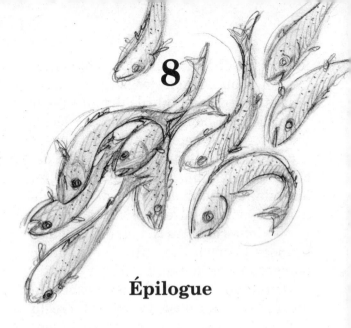

8

Épilogue

Monsieur Bacon, Gabriel et Didier tirent ensemble sur la corde reliée au piège de bois. Les amarres, déjà affaiblies par la force du courant, ne résistent guère. L'assemblage en forme de cône se tord, retenu non plus par les clous, mais par les mailles translucides du filet. Un rassemblement de truites prisonnières, à moitié noyées par le torrent, se dégagent de la nasse et retournent dans le lac.

Dans un dernier fracas, les poteaux se laissent emporter par les flots, heurtant les pierres et les bords, claquant contre les troncs qui longent les berges. Basculant et tourbillonnant, ils disparaissent au milieu du bouillonnement en déchiquetant le filet meurtrier qui les liait.

— Voilà une bonne chose de faite, déclare simplement monsieur Bacon en enroulant autour de son bras la corde ayant servi à défaire le piège.

— Retournons au chalet, maintenant, propose Gabriel. Les filles et Médéric doivent mourir d'inquiétude.

Il replace sur son dos sa besace en peau de castor, rajuste la bandoulière du fusil de l'ivrogne, et remonte vers le sentier de lièvres. Didier le suit deux pas derrière, une main à la hauteur du visage pour se prémunir contre les branches d'aulnes qui viennent le fouetter. Monsieur Bacon ne s'oppose pas à l'initiative de son petit-fils en jugeant lui aussi qu'il est grand temps de rebrousser chemin. Son humeur est ébranlée par quatre sentiments distincts, mais aussi puissants l'un que l'autre : le soulagement, l'admiration, la colère et la déception. Soulagement d'avoir retrouvé Didier sain et sauf, admiration devant le sang-froid de son petit-fils, colère contre la bêtise de Dieudonné, et déception devant la trahison

96

de cet homme qu'il considérait comme un ami.

— Tu vas le dénoncer à la police, une fois de retour ? demande Gabriel.

Monsieur Bacon fait une moue triste en répondant.

— Il faudra bien. Cela me peine, mais il faudra bien. C'est très grave ce qu'il a cherché à faire. Il nous aurait tués, Didier et moi, si tu n'étais pas intervenu de si belle façon.

— On aurait dû l'attacher à un arbre, alors, en attendant de le faire cueillir par les agents.

— Mais non, proteste le grand-père. Le temps qu'on descende aviser la police, le temps qu'elle arrive, Dieudonné serait dévoré par les maringouins. Et puis, comment veux-tu qu'il fasse pipi ?

Gabriel qui n'en démord pas insiste :

— On pourrait le ramener avec nous, prisonnier.

— Le ramener comment ? Attaché sur le capot du véhicule comme un orignal ? Ficelé derrière avec les bagages ? Je possède une fourgonnette, pas un fourgon cellulaire.

Le jeune Innu, comprenant que son grand-père refuse d'ajouter plus d'humiliation à la déchéance de son ancien ami, n'insiste pas. Après une dizaine de secondes de silence, Didier suggère :

— Il était saoul. Peut-être que s'il ne boit plus, il ne recommencera pas.

— Son ivrognerie ne peut lui servir d'excuse, objecte monsieur Bacon. Ce qu'il fait à la faune, et ce qu'il s'apprêtait à faire de nous deux est trop grave. Imagine leur réaction lorsque tes parents apprendront ce à quoi tu as échappé ; eux, c'est certain, porteront plainte.

Il se tait en soufflant, le temps de gravir un monticule escarpé, puis poursuit :

— Même si nous l'avons abandonné en pleurs, jurant qu'il ne recommencerait plus, un jour, j'en suis certain, il récidivera. Et cette fois-là, plus saoul que d'habitude, il abattra peut-être quelqu'un. Tous trois, nous serions moralement coupables de ne pas l'avoir dénoncé la première fois. Dieudonné doit être jugé et suivre une cure de désintoxication.

— Il recommencerait vraiment, tu crois ? demande Gabriel en jetant un œil à son grand-père par-dessus son épaule. Je veux dire, le braconnage ? On lui a retiré toutes ses prises, saisi son arme, vidé ses bouteilles de gin à la flotte…

— Peut-être pas immédiatement, répond l'homme, mais au cours de l'été, sans doute. En fait, dès qu'il se serait procuré un autre fusil, du matériel pour senner, une autre provision de gin...

— On revient ainsi à ce que j'affirmais, grand-papa : on n'aurait pas dû le laisser repartir. Il doit se douter qu'on va aller à la police ; il va fuir.

— Où veux-tu qu'il aille sinon à Betsiamites ? Les policiers n'auront aucune difficulté à le cueillir. Nous irons porter plainte demain en redescendant à la mer.

— Et s'il se cachait dans les bois ?

— Tout le monde sait où se trouve son chalet et puis... Monsieur Bacon ne peut retenir un rire. Il reprend : Et puis, je crois sincèrement que notre ami lui a flanqué la frousse en lui parlant en innu. Je crois qu'il va craindre la forêt pendant les prochains jours.

On entend alors trois ricanements simultanés. D'une voix entrecoupée par l'hilarité, le grand-père demande à Didier :

— Veux-tu bien me dire où tu as appris à parler notre langue, mon garçon ? Moi aussi, pendant une seconde, je me suis demandé si l'esprit de l'épinette à papier ne t'avait pas ensorcelé.

Didier rigole en remontant de l'index ses lunettes qui glissent sur le bout de son nez. Sans ralentir le pas, il répond :

— J'avais lu ce petit bout de légende dans mon livre pendant le voyage. Je trouvais la langue belle, je l'ai relu plusieurs fois.

— Didier a un don pour les langues, grand-papa, précise Gabriel sans se retourner. Il en parle plusieurs.

— J'ai de la facilité pour les langues, c'est vrai, admet le Français, mais je n'ai pas appris l'innu. J'ai simplement récité par cœur le bout de texte que j'avais lu. Je n'aurais jamais su ce qu'il signifiait si la traduction n'avait été inscrite à côté.

Le grand-père éclate d'un gros rire qui ébranle la forêt. Il observe un moment les deux adolescents qui ouvrent la marche devant lui et se prend d'une affection encore plus grande pour eux. « Ils vont faire leur chemin dans la vie, ces deux-là, songe-t-il. Ils n'ont peur de rien. » Ensuite, il pense à Sarasvatî et à l'embarras qui a envahi Gabriel, la veille. L'homme éclate de rire de nouveau sous l'œil interrogateur des garçons. « Ils n'ont peur de rien, sauf des filles. » Et il leur fait signe de continuer d'avancer, n'ayant pas envie de leur préciser plus avant sa pensée.

— Les voilà ! hurle Médéric, le nez collé à la fenêtre.

— Tous les trois ? demande Sarasvatî en interrompant le kata qu'elle effectuait face au poêle à bois.

— Oui ! Je vois Didier avec eux.

— Que mes ancêtres soient bénis ! s'exclame Fatimata. Oh, j'étais si inquiète.

Elle se précipite vers la porte et bondit hors du chalet. Elle s'étonne de découvrir les deux garçons et le grand-père qui rigolent.

— Eh bien, il semble que vous n'ayez pas trop souffert de votre intermède dans les bois, dit-elle pour les accueillir. On se faisait du souci, nous.

— Salut, Mata ! lance Didier en saluant de la main. Salut, Sara et Médé !

— Mais où étais-tu passé, toi ? rétorque Sarasvatî en apparaissant sur la galerie en compagnie de Médéric. Tu avais envie d'une balade en forêt ?

L'Indienne fixe le Français d'un œil mauvais, s'efforçant de paraître plus fâchée qu'elle ne l'est vraiment.

— Je... j'ai eu un... un contretemps ; j'ai...

— Il a été kidnappé, annonce Gabriel.

Fatimata et Médéric éclatent de rire.

— Kidnappé ? Elle est bonne celle-là, dit l'Africaine. Trouvez-nous une autre excuse, les gars, si vous voulez éviter nos reproches. Mais sachez que pendant que vous badiniez dans les bois, nous, ici, on a dû faire face à un ours.

— L'ours est revenu ? demande monsieur Bacon, troquant son air amusé pour une expression inquiète.

— Parfaitement ! répond Sarasvatî. Et sans l'intervention de Médéric qui lui a balancé une pierre, on serait tous dévorés en ce moment.

— Alors ne venez pas nous enquiquiner avec vos histoires de kidnapping, reprend Fatimata. Les seuls qui ont vraiment connu le danger, les seuls qui ont vraiment failli mourir : c'est nous !

Il y a un instant de flottement puis, Fatimata, Sarasvatî et Médéric se regardent, incapables de comprendre l'hilarité incontrôlable qui vient de s'emparer des trois autres.

Camille Bouchard

 Camille Bouchard est un habitué des récits où se confrontent les cultures. Dans sa série *La Bande des cinq continents*, où chaque héros apporte au groupe les connaissances et les forces qui sont propres à ses origines, il démontre que c'est en fusionnant les cultures qu'on devient le plus fort, non en les opposant.

L'auteur, globe-trotter infatigable, est séduit par la richesse culturelle des différents peuples, et reste un défenseur convaincu du respect que l'on doit aux croyances et aux traditions étrangères. Il rêvait de cette série depuis un long moment, espérant dans ses aspirations les plus folles collaborer avec ses amis Robert Soulières et Colombe Labonté pour l'édition, et Louise-Andrée Laliberté pour les illustrations.

Tous ses rêves se sont réalisés. Il serait prêt à mourir, s'il n'y avait encore toute cette planète à parcourir, toutes ces histoires à raconter.

Louise-Andrée Laliberté

Photo : Marc Riverin

Louise-Andrée Laliberté se passionne pour l'être humain. Elle aime les multiples visages qu'il présente, si semblables et si différents. Elle est fascinée par ses forces, constantes ou fragiles, par ses débordements imprévus. Par sa créativité, également, cette faculté de renouvellement et d'adaptation.

Soit en rêvant tout haut, soit en dessinant tout bas, l'illustratrice croit toujours au grand amour universel. Elle tient encore mordicus à une petite planète bleue peuplée d'hommes, de femmes et d'enfants de toutes les couleurs qui s'illuminent les uns les autres pour le bien-être de chacun.

Rêvés depuis un moment par leurs créateurs, voici justement les représentants des cinq continents, l'équipe arc-en-ciel qui conjugue avec bonheur les mots de Camille et les coups de crayon de Louise-Andrée.

L'Intouchable aux yeux verts, éditions HMH-Hurtubise-HMH, coll. Atout, 2004. Finaliste au Prix Alvine-Bélisle 2005

La caravane des 102 lunes, 2003, Éditions du Boréal, coll. Inter, 2003

La marque des lions, éditions du Boréal, coll. Inter, 2002

Absence, éditions Héritage, coll. Échos, 1996

Les démons de Babylone, éditions Héritage, coll. Échos, 1996

Les lucioles, peut-être, éditions Héritage, coll. Échos, 1994

L'Empire chagrin, éditions Héritage, coll. Échos, 1991

Les griffes de l'empire, éditions Pierre Tisseyre, coll. Conquêtes, 1986

LOUISE-ANDRÉE LALIBERTÉ
CHEZ LE MÊME ÉDITEUR

Dans la série La Bande des cinq continents,
auteur Camille Bouchard :
La mèche blanche, 2005
Le monstre de la Côte-Nord 2006
L'étrange M. Singh, à paraître en septembre
2006

CHEZ D'AUTRES ÉDITEURS

ALBUMS EN COULEURS:

Mormor Moves In, auteure Susin Nielson-
Fernlund, Orca Book Publishers, 2004
   - Resource Link's Year's Best 2004
   - Chocolate Lily Book Award nominee 2005-06
Dans le coeur de mon grand-père, auteure
Danielle Simard, ERPI, 2004
Hank and Fergus, auteure Susin Nielson-
Fernlund, Orca Book Publishers, 2003
   - Mr Christie Book Award Silver Seal, 2004
   - Resource Link's Year's Best, 2004
   - Chocolate Lily Book Award nominee, 2004-05
   - Kentucky Bluegrass Award nominee, 2004-05
   - Blue Spruce Award nominee, 2004-05
Whitney's New Puppy, auteur M.C. Hall,
CTW, 1998

ROMANS JEUNESSE ILLUSTRÉS, SÉRIES :

Série Noémie, auteur Gilles Tibo, éditions
Québec Amérique :
Le grand Amour, 2005

Le voleur de grand-mère, 2004
Vendredi 13, 2003, 2e au Palmarès Livromagie
des livres préférés des jeunes
La cage perdue, 2002, **Les souliers de
course**, 2001, **La boîte mystérieuse**, 2000,
Adieu, grand-maman, 2000, **La nuit des
horreurs**, 1999, **Le jardin zoologique**, 1999
Le château de glace, 1998, **Albert aux
grandes oreilles**, 1998, **Les sept vérités**,
1997, **La clé de l'énigme**, 1997, **L'incroyable
journée**, 1996, **Le Secret de Madame
Lumbago**, 1996.

Série Naomi, auteur Gilles Tibo, traductrice
Susan Ouriou, Tundra Books :
Naomi and the Secret Message, 2004,
Naomi and Mrs Lumbago, 2001

ROMANS JEUNESSE ILLUSTRÉS, AUTRES
TITRES:

Dimples Delight, auteure Frieda Wishinsky,
Orca Book Publishers, 2005
A Bee in Your Ear, auteure Frieda Wishinsky,
Orca Book Publishers, 2004
A Noodle up Your Nose, auteure Frieda
Wishinsky, Orca Book Publishers, 2000,
Canadian Toy Council Great Book Award, 2005,
Shining Willow Award nominee, 2005

Dans la collection
Chat de gouttière

Achevé d'imprimer
sur les presses de
Marquis Imprimeur
en janvier 2006